KB197570

잉걸동인지 제4집

거기에 서면 별이 될까

강 다 연

고은진주

김 순 자

김   유

노 수 옥

백   성

손 나 래

이 수 니

이   인

조 재 학

■ 서문

동인들이 함께 가꾼 또 한
권의 정원을 세상에
내놓습니다. 각자 다른
빛으로 빚어 여러 꽃들로
피어났으나, 서로 어우러져
조화롭게 순환합니다.

우리들의 정원은 단순한
모임의 결과물이 아닌,
진심과 열정이 깃든 순결한
바탕입니다. 이 바탕에서
뽑아 올린 시들은 시간이
지나도 그 빛을 잃지 않으며,
모든 구석을
풍요롭게 채울 것입니다.

이 정원의 정령이
독자들에게도 찾아가
새로운 시의 씨앗을 틔우길
기원합니다.

2024년 11월. 고은진주

3

강다연

중앙대학교 예술대학원 문예창작전문가과정 수료
사진작가
E-mail : photostela61@daum.net

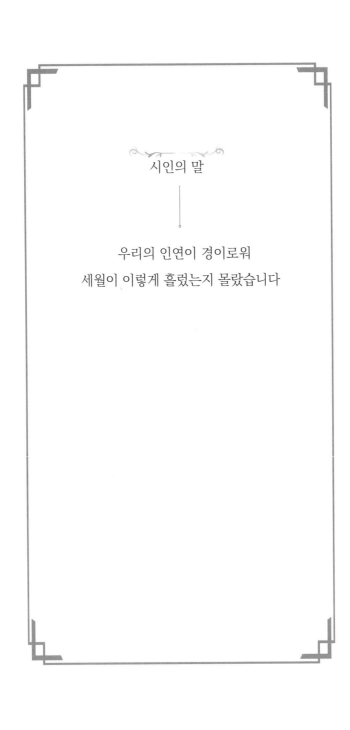

시인의 말

우리의 인연이 경이로워

세월이 이렇게 흘렀는지 몰랐습니다

거참 잘 생겼다

홍천강 너머로
몇 구비 졸졸 따라 흐르는데
유독 잘생긴 놈 하나가
우뚝 솟아 있다
여러 봉우리 중, 저 한 녀석이
내 몸 번쩍 들어 올려 쓰러뜨린다

거참 독하게 잘 생겼네

내 질 속에 집어넣어 버리면
또 다른 산봉우리 몇 개나 더
도헤낼 수 있겠다

인물사진

망원렌즈로 끌어당긴 얼굴, 얼굴은
낯설고 씁쓰레하다
꺾여나간 콧날 아래 위험하게
서 있다
귀밑 언저리에 잡풀 돋은 들길로
혼자 걸어도 끝은 보이지 않는다

어느 봄날 물오른 버들가지나
얼굴 붉히며 막 물오른 철쭉을 바란 건 아니지만
가까스로 백 년 만에 딱 한 번 피고 가는 대꽃
정도는 되어도 좋을 텐데

자세를 낮추어 꽃을 본다

엉겅퀴꽃 줄기를 꽉 메운 진드기
바람을 붙들고 있다
제힘으로 버틸 수 없는 줄기
몸살을 앓는다
아름다운 꽃말 위에 눈 뜨지 못하는 날개
소름 돋는다
나에게 기생하는 누군가에게 나는 무엇이었을까
날기도 전에 장난삼아 뽑은 깃털
못생긴 날개를 보며
깔깔거렸을 거야
때론 독한 술로
쓰다듬는 흉내 내면서
마음 한쪽 유리 조각 박아놓고
누가 먼저 벗어나는지 내기하지는 않았을까
몸도 마음도 낮추고 꽃을 본다
제힘으로 버틸 수 없는 줄기
엉겅퀴처럼 나도 몸살을 앓는다

여우 꽃

여우 꼬리는 럭비공이다
살 자리도 죽을 자리도 못 찾는 것들은
제 배설물을 숨겨놓는 습성이 있다지

기름 주머니 주렁주렁 자라는 줄 모르고
새벽마다 마구잡이로 삼킨
족보도 국적도 없는 정체불명인 식탐
붉은 딱지를 받았어

이제는 눈부신 봄날 소풍도 갈 수 없으니
여우는 모래 그림자를 헤집고 다니다
달빛이 죽어간 자리마다 제 배설물을 묻었지

털이 수북한 구름이 몰려들자,
빗소리가 꼬리에 꼬리를 물고 내리기 시작했지
물방울, 물방울들이 쌓이자
흙을 일으켜 세우는 꼬리

환생의 달빛무늬가 꼬리에 새겨지면 꽃잎이 돋아났지
사방으로 뻗은 배설물을 먹고 자란 그 꽃을 보면
신비롭게도 길 잃은 자들이 길을 찾는다고 했어

달그림자 머문 자리에 제 눈물 덧칠하다가
달 차오르는 푸르른 밤
돌 속에 묻어둔 꼬리 찾아
제 몸 열어 마을까지 신화를 흘려보내는
여우 발목에 은빛 링 하나 선물하려고 해

나사

나사에는 골이 너무 많아
녹작지근하게 풀리는 저녁을 조일 수 있지만
날카롭게 패인 당신의 어둠은 조일 수는 없었지

뒤태에서 삐걱거리는 소리가 들리자
의사는 허리에 나사를 박자고 했지
내 시간이 고물상을 뒹구는 양은 주전자 같았지

모서리마다 나사를 박고 지구 몇 바퀴를 조립했으니
피가 통했을 리가 없지

더는 다가설 수 없는 슬픔에 잠겨
위로를 몸으로 부를 때
잠기는 것이 아니라
깊어지는 것이라고

고은진주

중앙대학교 예술대학원 문예창작전문가과정 수료
5.18 신인문학상 수상
농민신문 신춘문예로 작품 활동 시작
시집 『아슬하게 맹목적인 나날』
E-mail : melod@naver.com

　사무실 책상 앞에 앉아 창문 너머로 흐르는 여름을 바라봅니다. 여름이 써 내려간 문장들처럼, 긴 세월 함께한 문우들의 족적은 열정적입니다. 우정과 웃음, 위로로 글의 재료는 나날이 풍성해져 가고, 문우들과의 시간은 여름날의 청량한 바람 같습니다. 싱그럽고도 강렬하게 흔적을 남기는, 한여름의 바람 같은 또 한 권의 동인지를 엮고 있습니다. 우리의 여정은 아직 여름입니다.

가려운 대답

알레르기 하고 부르자
손목에서 긁힌 대답이 삐죽삐죽 돋는다

어린 날에 두고 온 친구처럼
숨었니?
숨었다!
머리카락 다 보이게 간질거린다

알레르기 하고 부르자
따가운 대답이 야옹야옹 들린다

외롭거나 석요한 곳만 골라서
돌아보라는 듯
와서 긁으라는 듯

가려운 곳은
대체로 열려 있는 부위다

본업들

대형식당 간이천막 밑으로
체온이 없는 가명들 들어찹니다

본업을 집에 떼어놓고
위임받은 야간을 유성처럼 대행하는
주문과 주행 사이
꽉 막힌 농도에서도 매무새는 단정합니다

언성을 낮춘 자정 너머
어떤 주량을 대신하게 될까요

제 몸 절반이 실종된 담배 연기가 엉거주춤
대기하는 맨바닥입니다
꽁지차량에 대한 구실을 협상하면서
엉거주춤한 방향으로 불피웁니다

평생으로부터
숙련으로부터
버림받는 구간입니다

말기 폐암 환자의 호흡 훈련처럼
더, 더더더, 더 힘껏 불어보라는 독촉처럼
채워지지 않는 귀순의 빈손들

어차피 본업이란 요행의 바깥이라고 해두죠
부족한 잠은 안전벨트에 묶어두고
밖으로 내몰린 누적 콜 수로
여분을 살아야 할 때가 있습니다

취객의 거리만큼 새로이 다른 본업을 태우고
내비게이션에 윙크, 적어 넣으시겠습니까

틈 수집가

동전수집가인 그를
틈 수집가라고 부른다
발밑에 빛나는 은전이나 카드라면 몰라도
동전을 줍지 않게 된 지 꽤나 되었는데 그는
거들떠도 안 보는 동전
연대기로 모은다

거금을 헐 때나
마땅한 가격을 거슬러주고 받다 보면
남는 우수리
틈 같은 거스름이 반드시 생기기 마련

그 지폐의 틈을 틈틈이 쌓아놓는다

금전의 밑을 견고하게 받치고 있던 틈을
주춧돌 혹은 굄돌 정도라고 해두자
그 받침이 헐리면 틀림없이 삐걱거리거나
동전의 값만큼 기울어져
어설픈 나머지로 남게 될 텐데

이리저리 치이다가도 꼭 있어야 꽉 물리는
동전 하나, 큰돈을 받쳤던 흔적이라는 듯
끝이 찌그러진 틈
수거하는 그의 굄돌이 묵직하다

지나간 허기에 대해

자발적 단식은
어떤 각오로 날씬한가

까다롭지 않은 엄마와 다툰 후
밥 먹어라, 문 두드려도
해종일 열지 않고 삐딱하게 버텼던 허기

토라진 배고픔 속에는
헛구역질의 오기 같은 것이 있었다
잠갔다고는 하나 몇 번 힘껏 당기면 되는 것을,
두드리기만 하고 입 다물었던 엄마
밥 먹고 돌아서면 허기진 나이를
 열어보지도 않고 일하러 가버렸던
미운 엄마 또 그만큼
서러웠던 밥,

자발적 허기를 겪을 때마다
밥 먹으라는 엄마의 목소리가 떠오르는 것이다
문만 열면 끝났을 허기를 두고
사흘을 단말마로 굶었던

금식 스캔들!

그로부터 쌓여온 체중
줄여보려고
엄마 없는 허기를 면구하게 버티는 중이다

알레르기

봄을 한 상 차려 먹은 듯
목덜미에 꽃이 핀다

화끈하게 봄의 기슭이다

체온조절 못한 어느 날
긁으면 손톱의 파종인 양
무한대로 번져나가는 꽃들
덮어두자, 해놓고도 긁적긁적

발진은 발작보다 가렵다

김순자

중앙대학교 예술대학원 문예창작전문가과정 수료
2004년《문학세계》신인상
2004년『풀잎은 누워서 운다』인천문화예술진흥기금 지원금 수혜
2008년『청빈한 줄탁』인천문화재단 창작기금 수혜
2017『승객 』, 2021『서리꽃 진 자리에』인천문화예술창작기금 수혜
E-mail : sikim4021@hanmail.net

시인의 말

뜨는 해도 보았고
지는 달도 보았다.
높은 산도 올라보고
깊은 강물에 발도 담가
보았다.
웃어도 보고 울어도 보았다.

지는 노을 바라보며
아름다운 강산 깜냥껏
누벼보고 싶다.
가슴 가득 담고 싶다.

시마와 함께

유행도 지나간 지 오래된
코로나19가 찾아왔다
팬데믹 해제도 꽤 되었다 그런데
느닷없이 찾아와 무댑보로 덤벼들어
박치기로 시비를 건다

앓는데 이골이 난 나는
그래 좋다
네가 모른 척 무시한 줄 알고
시구를 발칵 뒤집은 뻔뻔한 속내가
은근히 궁금하기도 했다
뒤늦게라도 찾아왔으니
손 내밀어 맞이한다

초면에 인사도 나누기 전
대뜸 앞다리를 걸어 씨름판을 벌인다
이놈 봐라 꽤나 빡세게 나온다
엎어뜨리고 내리치는 거미줄 같은 놈의 술수
호랑이에게 물려가도 정신만은 놓지 말자

놀자 하니 못 놀 것도 없다
이왕이면 시마詩魔도 불러내자
무인도에 갇혔으니 시마를 앉혀놓고
굿거리 한판 벌려 볼거나
신명 나게 북을 울려 둥둥 두두 둥
흥겹게 장구 치고 꽹과리를 친다
즐기는 것이 이기는 것

시마와 손잡고 한바탕 놀다 보니
세상이 뒤엉켜 뱅뱅 돌던 어지럼증도
쑤시고 저리던 육신의 뼈마디도
목이 붓도록 자지러지게 토해내던 기침도
오르내리던 한기도 슬금슬금
코로나19란 놈 어디론가 뺑소니치고 있다
오는 놈 막지 않고 가는 놈 잡지 않는다

이만하면 코로나 19와의 싸움에
승부는 나지 않았나
안하무인 덤비는 별난 놈
세상을 공포의 독 안으로 몰아넣은
예끼 이 못된 놈아!
사방팔방에 소금 뿌려 액막이를 한다
잘 가시라 다시는 얼씬거리지 말거라

시마의 용감한 응원 고맙다
늘 함께한 나의 사랑하는 시마

땅 따 먹기

가위바위보
가위바위보
땅 따 먹기를 한다

한 뼘 두 뼘 따 모은 땅
뿌듯한 하늘에 어깨가 으쓱
재미있게 흥바람에 취해있을 때
굴뚝에 연기는 잦아들고
붉은 노을 너머
엄마가 부르는 소리

따 모은 그 넓은 땅을 두고
미련도 없이 두 손 툭툭 털며
즐겁게 룰루르 랄라라
엄마 따라 집으로 간다

평생을 다독다독 모아 온
아끼며 아까워 쓰지 못한 재산
어느 날 저승에서 부르는 소리
원통하고 분통해도 어쩌지 못해
빈손으로 가야만 하는 우리는

그래도 여전히
주식이 좋은가 부동산이 좋은가
삶인 듯 매달려 땅 따먹기를 한다

질서가 뒤바뀌다

아들을 낳으면
손해를 본 듯 섭섭하고
딸을 낳으면 남들도 박수 친다

명절은 있는데
조상은 뒷전이고
친정 챙겨가기 분주하다
부계는 무너지고
모계가 생성하는 풍조

대체공휴일도 있어 넉넉한 휴일
명승지로 해외로 여행가기 바쁜 여유
호불호가 가시처럼 박힌
자식은 귀한데 시부모는 싫다
지구는 자전과 공전이 여전한데

존재가 의식이 되어
어른과 아이의 질서가 뒤바뀐
세탁기 속 빨래처럼 뒤엉킨 세상
정신 줄 꼭 잡고 살아갈 일이다

달빛에 홀로 익어가는 가을

상수리 나뭇가지 끝에
팔마구니 달아놓고
청명한 하늘
곱게 붉게 오감이 물드는
단풍잎

으스름 달빛에 홀로 익어가는 가을

낙엽 지는 잎마다
검은 상처가 문신처럼 박혀
발길 떼일 때마다 바스락바스락
지난닐들을 되짚으며 느껴시는 발설음
소슬바람이 외롭게 젖어 든다

한 생각 오므리면
우화등선을 품은 팔마구니
마른 무게로 흔들리는 저 투명

김순자 35

눈감으면 떠오르는

후미진 구경바위 비탈진 모퉁이 꿈을 꾸다 가위에 눌려 소스라친다

낮의 현란한 빛이 아스라이 저물고 청소를 끝낸 외톨이 하굣길. 목도는 중학교와 면사무소가 있는 불정면(佛頂面) 소재지다. 강물보다 지형이 얕아 마을 둘레로 강둑이 쌓여있다. 둑이 시작되는 외진 곳에 상엿집이 있고, 강 건너 배를 타고 목도에 5일 장을 보러 감물면 사람들이 오가는 나루터 끝자락. 여기서부터 초긴장으로 달리기는 시작된다.

우측으로 치솟은 공수봉은 기암절벽이다. 자박자박 어둠이 스며들면 짐승들의 불빛이 예서제서 협박하듯 조여들며 신호를 보낸다. 좌측으로 위세를 떨치듯 시퍼런 목도강물이 흐르고 그 목도강물에서는 삼 년마다 한 사람씩 빠져 죽는다. 어둑하게 해 질 녘이나 궂은날에 강가를 지날 때면 물귀신이 이름을 부르며 따라온다는 속설은 삼척동자도 알고 있다.

비탈진 구경바위 길에 올라서면 강물 속 송장바위가 훤히 보인다. 명주실 한 꾸리가 다 풀려도 닿지 않는다는 시커먼 바위 밑에 이무기가 산다고 했다. 구경바위 지름길은 급경사진 절벽이다. 바위 위로 모래가 살짝 깔려 미끄러지면 천 길 낭떠러지다. 아니면 6.25 때 보도연맹들을 몰살시킨 해골들이 구르는 후미진 구렁을 외돌아 한참을 가야한다. 산과 강 사이 좁디좁은 외길 산은 암벽으로 둘러쳐 있고 강물은 성난 짐승의 혓바닥처럼 넘실댄다. 맞부딪쳐도 비켜설 수 없는 잔도의 길.

위협하듯 짐승들의 우짖는 소리가 섬뜩하다. 다리가 찢어저라 달린다. 때로는 신 위에서 짐승들이 흙을 흩뿌리기도 한다. 숨이 가빠오고 발걸음도 제대로 떨어지질 않는다. 비명을 질러도 소용없다. 죽을힘을 다해 달려야 한다. 허둥지둥 정신없이 벼섬바위를 지나 여울목에 다다른다. 간신히 2km를 달려 허깨비 집처럼 덩그러니 허파를 들어낸 물레방앗간에 다다른다. 컴컴하게 덩치가 큰 물레방앗간은 음산한 바람으로 빈 숨만 몰아쉰다.

산모퉁이를 돌아서면 여기서부터 지장리(芝莊理) 12 동네가 시작된다. 두어 채의 인가가 있는 미륵댕이다. 나보다 두 배나 더 큰 미륵불이 눈을 치켜뜨고 서낭당 나무 아래 버티고 있다. 조금만 더 돌아가면 가는골과 능골과 괴산으로 갈리는 세 갈래 길이 나온다. 괴산으로 가는 길로 접어들면 두 갈래 길은 멀어진다. 양쪽으로 멀어진 거리에서 허공이 달려들어 뒤통수를 잡아당기는 듯 머리가 쭈뼛! 온몸에 소름이 돋는다. 심장이 졸아드는 어둠을 짊어지고 탑들로 접어든다. 새끼줄에 소원을 하얗게 끼워 둘러친 덩치 큰 돌탑이 논 가운데 허허로이 벌판을 지키고 있다.

　왼편으로 멀찍이 한밭고개 아래 집 한 채가 있는 장회, 산마루를 옆으로 밀쳐내고 확 뚫린다. 사방에서 정체불명의 무언가가 기습해 올 것만 같다. 아찔한 공포가 피를 발린다. 길가에 수렁이 높아 품이 넓은 버드나무 고목이 잠에 취해 흐느적거린다. 버드나무 썩은 우듬지에서 눅눅한 저녁을 깨우듯 도깨비불처럼 푸르스름한 빛을 발산한다. 땀에 젖은 등골이 으슬으슬 한기가 일고, 두려움을 삼키듯 다리에 오금이 저려 발길이 후들후들 휘감긴다.

멀리서 개 짖는 소리도 반가운 삼신댕이, 서너 채의 인가가 보인다. 겨우 한숨을 돌리고 산모퉁이를 돌고 돈다. 산은 낮아도 어둠의 구렁 길에는 살쾡이 소리가 여전하다. 날카로운 살쾡이의 우짖는 눈빛을 밟으며, 또 달려 달려 아득히 희미한 불빛이 번지는 들말, 큰 동네가 보인다. 후~ 긴장이 풀리면서 온몸에 힘이 쭉 빠진다. 크게 한숨 돌려 천천히 큰 동네를 지나 십리 하굣길. 조금만 더 올라가면 우리 동네 덕실로 들어선다.

이윽고 순자야! 동구 밖 멀리 마중 나온 엄마가 부르는 소리, 힘이 돋아 날려가던 발자국 자국마다 피어오른 서리 녹는 온기. 밤하늘에 별처럼 아롱진 엄마의 자리. 지금도 모락모락 김이 피어오르는, 불러도 불러도 그리운 엄마. 부르면 가슴 뭉클 메이는 그 이름 엄~마.

김유(본명 김영한)

중앙대학교 예술대학원 문예창작전문가과정 수료
2014년 『문예춘추』로 등단
시집 『귀뚜라미망치』 『시간의 길』
『떨켜 있는 삶은』 『배경에서 여백으로』
2019년 경기문화재단 예술창작지원작가 선정
2021년 문예춘추문학상, 2024년 금제문학상 수상
E-mail : young-h-k1@hanmail.net

시인의 말

된서리에 샛노랗던 풍경은 휩쓸리듯
늦가을 자동차와 햇살도 바람도 없는
먼 시간 여행을 떠나고

남은 자리에 시퍼런 이파리들
참회의 눈물 쏟는다

모종의 기다림

뒤꼍 고추 모종 안달이 나고
상추가 떡잎을 발려내는 새벽녘

꽃가게는 열지도 않았는데
장거리 기차 손님들처럼 모여드는 꽃모종들
영산홍 화분은 가게 머리를 넘보고
관음죽은 잎자루만 매만지고 있다

어떻게 하루를 견뎌낼까
한낮이 되자 그늘로 숨는 모종들
가게 앞이 썰렁하다

늘어진 오후 돼서야
곁방살이 고추, 상추 몇이
할머니 손에 들려 나간다

웃자란 모종들
가물가물 멀어지는 봄날
속이 타들어 가고 있다

바람의 길

나는 한때
두루뭉술하게 들판을 누비는
들바람을 좋아했다
보통내기처럼

하늘이 잔뜩 찡그리면
좁고 가파른 길목에 서서
바람의 길을 따르기도 했었다
바쁜 태풍처럼

어디 이만하리
갈수록 바람은 나의 틈새를
바람몰이하려 들었고
그때마다 얼룩진 세월

이젠 느긋이 바람을 등지고
남은 길을 가련다

보리의 꿈

설렘에 벙글다
노을 지는 그리움

갈보리를 뿌린다

어둠에 묻혔던 꿈이
서릿발처럼 들뜨는
우수雨水가 오면

힘껏
너를 밟아주고
니, 왔던 길로 돌아가리

엄마표 AI를

물과 불이 마주 흐르고
시작도 끝도 없는 이 시공에서
나는 어디로 가야 하나

우주의 문명을 아로새긴
이방인 AI가 성큼 다가온다

시키는 대로, 알아서 다 해주겠다는
어렴풋한 약관을 들고
물밀 듯이 상륙하는 것이다

좋다가도
괜히 귀찮을 거 같은
지난 세월에 길든 옹고집들

숨쉬기부터 끝까지
生의 전 여정을 책임지고
GPS와 어디라도 간다는 말에

뜬구름 같이 떠다니다
봄날을 찾으려는 발길

삭정이 진 늦가을이
인조 꽃 북적이는 낯선 전시장에서
엄마표 AI
'행복한 나날'을 찾고 있다

옛날 장터국밥

예스럽지 않은 미학味學
인 박인 냄새가 한나절에 퍼지면
줄을 서는 옛날장터국밥

국물은 무슨, 내장과 머릿살로만 배 채우고
기타 치러 가던 청춘 열차 그리워
지방에서 푹 썩은 나잇살이
엉거주춤 서울에 왔다

구불구불 모퉁이마다
순대들이 지린 국밥 냄새
킁킁대며 옛집을 찾아 들자
북적북적 자리가 없다

내려갈 차 시간이 빡빡해
머리 고기와 순대부터
입석으로 맛보는 그 맛
아무리 고달팠던 한 시절도
아! 옛날이여를 흥얼거리며
연거푸 소주잔을 기울인다

술잔에끼어드는추억들
눈물로애원하는따로국밥과
떨어지지않는발걸음

후루룩 옛날을 심키며
뒤꽁무니 남기고 떠나가는
옛날 장터국밥 시골 마니아

잉걸동인지 제4집

노수옥

중앙대 예술대학원 문예창작전문가과정 수료
한국문인협회 회원
2023년 광남일보 신춘문예 시 부문 당선
18회 김포문학상 시 부문 우수상 수상
10회 경북일보 문학대전 시 부문 금상
시집 『사과의 생각』『기억에도 이끼가 낀다』
E-mail : jadehill1004@naver.com

시인의 말

지금은 밖이 바뀌는 중입니다

그럼에도 불구하고

다시 또...

내 심장은 몇 시 일까요?

잠깐의 쪽잠에도 노란 반달이 아삭하다

공사장 인부들이 자장면을 시켰다
배달 오토바이가 모퉁이를 돌아나가자
나무젓가락 같은 하루가
오전과 오후로 딱, 쪼개졌다
서둘러 자장면이 비벼질 때
단무지는 마치 반달에 잇자국이 난 듯하다
노랑이 검은 한 끼의 간을 맞춘다
미어지게 말아 넣은 볼 속이
꿀꺽 삼켜지는 순간,
목울대가 곱빼기로 흔들린다
이때만큼은 허기진 온몸의 힘줄들도
찰진 가닥으로 불거진다
식사를 끝낸 인부들은 졸음과 하품에
적당히 섞여 스티로폼 위에 놓인다
망치도 사다리도 줄자의 눈금들도 잠에 빠진다
코 고는 소리가 커다란 도마에
면을 찰각찰각 쳐대듯
데시벨을 높인다 팔십cc 엔진소리
덩달아 수거되는 오후 한 시,
나무젓가락 한 벌에도
온전한 하루가 묻어 있으니
꽉 찬 일당이다

전통

　가령, 없어야 할 곳에 있거나
있어야 할 곳에 없거나

고집이라고 하면 관습이 받아친다

　혼자가 아닌 둘
잠시도 그림자를 떼어낸 적이 없듯이

사용한 적이 없는 날에도 깔려있거나 가랑이에 끼어있다

　어제 제모shop에서 그림자 뭉치를 말끔하게 지우고
왔다
　예민한 감정선이 한 눈금 꿈틀거린다

　몸에 있는 그림자 뭉치를 후후 불어본다. 오래전 여자
들이 불씨를 숨겨놓고 아침저녁 후후 불어 연기를 깨웠
듯이

덜어내면 선명해지는 어둠의 민얼굴
은밀한 곳이 사라졌다

굳이 드러나지 않는 곳을 제거하면
민망함을 어디에 숨기겠다는 걸까

여전히 부끄러운 곳을 남겨 놓아야 한다는 나, 이 기회
에 아주 없애버리자는 그가 있다. 다 없애버리면 비난을
어디에 버릴 것인가

두 개의 감정이 대립한다

대대로 내려온
전통(傳統)을 열어보면 비난과 변명이 들어있다.

냉정한 제왕

칸칸의 서랍에
산과 바다가 그득그득 채워졌다
방식은 저온
이 공간에서 죽음은 유예된다
냉동실엔 서해(西海)의 물결이 딱딱하게 굳어있다
산 채로 얼어버린 꽃게가 비닐봉지를 찢고 나와
저녁 식탁에 오른다

계절이 뒤섞인 이곳에 삶과 죽음이 들락거린다

냉기에 맡겨둔 건망증에 곰팡이가 슬고
게으름이 짓무르고 있다
유효기간이 지나 폐기 처분될
두 번째의 죽음이 방치되고 있다

허기와 포식자의 식욕 앞에 진열된 먹잇감들

문이 열릴 때마다
선택받지 못한 것들은 안도의 숨을 쉬고
더 깊은 곳으로 밀려 곧 잊혀졌다

젖도 떼지 못한 송아지의 울음도
침묵과 서늘한 냉기로 다스리는 냉정한 제왕

줄 하나에 연결된 목숨,
어느 날 호흡이 끊겨 냉장고(冷葬故)가 되었다

동그란 것

제자리가 없는 것들입니다

동그란 것은 그 모양만으로는 무용지물입니다 반으로 속을 가르고 파내면 물을 떠내는 그릇으로 쓸 수 있겠지만, 세모 네모 따위에게는 귀찮은 방향쯤 될 것입니다

지구가 온종일 몸을 비트는 것은 하루의 모서리를 깎는 일입니다 그러니 태양이나 달에게 가만히 있으라는 말 따위는 맞지가 않습니다 다만 그것은 내리막길을 가르치는 선생이거나 무한의 합산을 가리키는 숫자의 길이로는 적당해서 한 철 열매로 쓰거나 도무지 움직이지 않는 무료들에게 던져주면 딱 알맞을 것입니다

움직이는 유전자를 가진 설치류와 무수한 갑각류 다지류(多肢類) 이것들의 내부에는 동그란 피톨이 궤도를 돕니다 태양도 달도 오전 오후 정오의 자리를 옮기는 일에 종사하고 있습니다

그림자와 홑씨들은 다 예의를 지키는 컴퍼스를 가지고 있습니다 반면 유독 붉은 사과의 둥긂을 쪼아대는 까치의 취향은 둘레에 맞춰진 저격입니다

한 사람이 걸어오는 뒤쪽으로 멀어졌던 소실점 하나가 뒤따라오고 있습니다 빨갛게 타들어가는 담뱃불 위로 도넛 모양이 이륙합니다 꽃피는 날을 받아놓은 꽃씨처럼 동그라미가 동그라미를 품고 어룽어룽 떠다닙니다

쓰고 남은 말들

쓰고 남은 말은 어느 한 곳이 분절되거나
싸늘히 식어있다
멈칫거린 흔적이 묻어 있는 낙과 같아
헐값에도 팔리지 않는다

쓰고 남은 말을 버릴 곳은
염두(念頭)이다
그곳은 골라둔 말과 때를 놓친 말로 비좁다
때론 염두를 열어두면
새가 물어가거나
이빨이 작은 설치류들이
갉아먹는 일이 종종 생긴다

많이 닳아 있다는 것은 그만큼 머뭇거린 흔적이다
같은 말이라도 연습용이 있고
실전에 불려 나가는 똑 부러지는 말이 있다

어떤 씨앗이든
자신이 씨앗이라는 것을 기억하는 기간이 있다
그러나 그 시간을 넘어가면
염두에서 썩거나 닳거나
전혀 다른 방향을 삼킨 씨앗이 된다

내뱉는 말과 듣는 말 중
어느 쪽이 더 많을까
이제 갓 말을 배우는 사람과
말에서 떠나는 사람이 떠오른다

말도
자신이 말이라는 사실을 잃어버릴 때가 많다

백 성

충남 보령에서 태어나 서울에서 성장
중앙대학교 예술대학원 문예창작전문가과정 수료
2015년 《문학나무》에 시 「처서」 외 4편이 추천되어 등단
2017년 소설 『조계야담』으로 신인 문학상
2018년 용인 문화재단 문예진흥기금 지원 작가
2019년 제7회 스마트소설 〈박인성 문학상〉 우수상
2020년 경기문화재단 가곡 공모에 「가을 해 질 녘」 입선
2021년 제4회 《문학나무》숲 소설상, 한국 문학 비평가 협회상 수상
2024년 제5회 스마트소설 〈황순원 문학상〉 수상
한국소설가협회 회원. 현 수지문학회 회장
시집 『백수선생 상경기』『천상의 소리』『홍사를 풀며』
소설집 『번트 사인』『옥수동 불빛』 등이 있음
E-mail : paik7445 @naver.com

마디 만들기

거목이나 작은 대나무라도 나무들은 역경과 고난을 인내하며 생의 흐름을 나이테나 굵은 마디로 기록하며 산다.

그러나 사람은 오랫동안을 살면서도 그저 이마에 그려진 주름살 몇 개, 구부러진 허리, 가느다란 팔다리만으로 그 고난한 생의 기록을 보여주고 있음이 사실이니 매우 가슴 아픈 일이다.

왜 병원의 흰 천정을 바라보며 그런 마디 생각이 떠오른 것인지 만신창이가 된 복부가 마디가 된다면 얼마나 슬픈 일인가.

사람이 만드는 마디는 이런 형상이 아닐 것이다 생을 관조하며 깊은 영혼의 울림으로 만들어 내는 아름다운 노래 그게 마디일 것이다.

이제 시간이 없다 어서 이슬처럼 맑고 진주처럼 영롱한 영혼을 모아 나만의 마디를 만들어야겠다 고맙게도 내게 다시 한번 완전한 자유만 주어진다면 ……

밤 벚꽃

밤하늘에
매달린
꽃 등불

바람에
흩어져 눈처럼
날리는데

여기저기
나뒹구는 소주병
취객 몇이 죽은 듯 누워있다

꽃 흐드러져
보석같이 아름다운 밤
무엇이 저들을 대취케 했는가

낙화가 진 가지
더 이상 마주할 세월이 없는
캄캄한 이별을 두려워했을 뿐

포획한 모자帽子를 위하여

운동회의 절정은
불꽃 튀는 기마전이었다

적보다 머리 하나만큼
더 높이 쳐올린 마상에서
전광석화처럼 적의 모자를 낚아채
하늘 높이 치켜들고 포효하면 승리는 우리 것이었고
남보다 더 많은 적의 모자 포획이 성공이고 행복이었다

한평생을 기마전처럼 살았다

하루하루가 숨 막히는 전쟁이었고
나와 내 분신을 위해
내 것은 하나도 내어 줄 수 없었다
오직 빼앗는 기술 연마에 전생을 바친 전사는
포획한 모자의 수數가 만드는 안락에 흐느적댔다

어느덧
어둠이 깃드는 이승의 운동장
웃음소리도 고함소리도 사라지고
치열했던 운동회도 이제 서서히 막을 내리고

피투성이로 포획한 그 많은 모자가
악취 나는 쓰레기 전리품 되어
운동장 한쪽에서 스님 다비 장작처럼
훨훨 타고 있다

연기되어 사라지는 전생의 업業
목탁 소리 대신 들리는
멀리 개 짖는 소리

포토 라인

노란 삼각형

거기 서면 별이 된다
한 번이면 족하다
두 번 설 일이 아니다

죄라면 빛났던 것이 죄다

별이 되기 위해서는 명료한 기억도 중요하지만
똑똑히 기억할수록 훌륭한 별이 되는 것은 아니다
달빛에 양심을 물들일 줄 알아야 빛나는 별이 된다

질문하는 별은 별로 좋은 별이 아니다
무엇을 잘못했는가? 왜 하필 나인가? 그래서 모두 내
탓이라고?

삶은

이 대답에서 구분된다

간혹 지저분하고 후회스런 지구 여행이 될 수도 있다

너도

이게 꿈이 아닐지 모른다

서 보라! 바로 앞

저 회전문이 빙글빙글 돌아가고 있는 거기

세월

바둥거리지 마라
고통스런 삶
한 줌 바람이거늘

서성거리지 마라
흘러가는 삶
한갓 강물이거늘

머뭇거리지 마라
부질없는 삶
한 점 구름인 것을

어느 비 오는 날의 풍경
- 수채화로 그리는 성복천 귀갓길

비 오는 날은 버스가 좋습니다.

차창 밖으로 흘러내리는 빗물도 좋지만 흐린 창문으로 스쳐 지나가는 풍경은 정말 잘 그린 한 폭의 수채화입니다.

노란 우산 하나가 신호등을 기다리며 서 있는 모습이라든지, 그저 모든 세상사를 잊은 듯 우산도 없이 뚜벅뚜벅 걸어가는 긴 머리 젊은이의 뒷모습이라든지, 갑자기 물보라 일으키며 쏜살같이 지나는 택시 속 운전사의 얄미운 웃음도 재미는 있지만 쓸쓸한 거리에서 홀로 젖고 있는 '탄핵 NO' 현수막을 만나면 괜스레 속이 저려 오고 붉은 물이 뚝뚝 흘러내리는 빨간색 광고판이 보이면 웬일인지 가슴 한쪽이 무너져 내립니다.

어찌다 흐린 유리창에 잊었던 옛 애인 얼굴이라도 띠오르면 혹시 만날 수 있을까 쓸데없는 기대감으로 부풀어 오르고. 그런 풍경 속에서 보면 볼수록 젖어드는 것은 아지랑이 같은 그리움이나 외로움, 가슴 어딘가 허전하게 다가오는 막연한 슬픔 같은 것이겠지만 이런 것이 비 오는 날 버스에서만 느낄 수 있는 오묘한 감성 아니겠습니까.

그럼요. 슬픔은 의외로 수용성(水溶性)이어서 물에 잘 녹는답니다. 수영장에서, 목욕탕에서 물에 잠겨 허우적

거리면 쌓였던 슬픔도 물감 묻은 붓이 물에 풀려 씻겨 내리듯이.

  퇴근길엔 1570번 버스를 타야겠습니다. 오늘은 한 정거장 전에서 내려 보지요. 가까운 거리는 아니지만 이런 날은 그냥 혼자 걸어보고 싶으니까요. 지금쯤 성복역 네거리 '데이파크'는 비에 흠뻑 젖고 있을 겁니다.

  우산을 펼쳐 듭니다. "타다닥 탁탁". 우산 속에서 듣는 작은 타악기 소리가 이렇게 정다울 수가 없습니다. 어느 쪽으로 갈까요?

맞은 편 성업 중인 롯데 아케이드가 큰 키를 자랑하고 있고 새 계절을 맞은 호화 광고판 속 미인의 예쁜 미소가 비에 젖고 있지만 그러나 저 길은 아닌 듯합니다.

  잠시 '삼촌이 만든 스시' 집 앞 수족관에서 생명의 한계를 모른 채 유영하고 있는 광어 몇 마리를 한참 바라보다가 발길을 돌려 '마피아 과일 쥬스' 옆 계단을 따라 올라 봅니다.

  제법 넓은 광장. 분수가 멈춘 연못에 번지는 작은 동그라미들이 귀를 맞대고 두런거리고 돌다리 위로 검은 우산 몇이 지나갑니다.

웬일입니까 .'브라우니' 빵집 앞에 내놓은 빨간 의자들이 속절없이 비에 젖고 있습니다.

누가 앉았다 가셨나. 분명 있었을 그 정다운 대화의 흔적이 아쉽게 씻겨 내리고 있습니다.

빗속에서 하얀 연기를 뿜어내며 불이 붙고 있는 '저울집' 참숯 화덕에서 기름 타는 냄새가 잠시 코를 즐겁게 합니다. 그러다 갑자기 느껴진 시장기에 놀라 '양가네 조개구이' 집 좌측을 돌아 빠른 걸음으로 뛰쳐나옵니다.

신호등에 걸린 차들의 미등이 점점 붉어지고 '스타벅스' 큰 종이컵 광고판이 바람에 뚱뚱한 몸을 뒤룩뒤룩 흔들고 있습니다. 길 건너 '씨 갤러리' 식당 창 너머로 푸짐한 저녁상을 받고 흐뭇해하는 얼굴들을 훔쳐보다가 후미진 골목길로 몇 걸음 내려서면 갑자기 시원하게 들리는 물소리. 온 가슴이 후련해집니다.

광교산에서 발원하여 형제봉을 돌아 성복동으로 흘러 내리는 성복천!.

얼마나 힘차게 흐르는지 물가 억새들 허리가 반쯤 꺾이고 바위든 나무든 거침없이 타고 넘쳐 내리는 그 위세 앞에서 다리 위까지도 그 서늘한 공포가 남아있습니다.

안 됐습니다. 둑길 비에 젖어 고개가 부러진 접시꽃 몇

송이가. 물길에 뿌리가 하얗게 드러난 어린 물푸레나무가 정신 나간 듯 제자리를 못 찾고 헤매고 있습니다.

고여있는 웅덩이를 피해 대로변으로 오르면 승리 부동산, 채플린 노래방, 하나은행 초록 간판 그림자가 물줄기 속으로 처박혀 흘러가고 저만큼 '하이웨이 슈퍼'의 광고 사인이 불을 켜고 반갑게 다가섭니다.

이제 다 와 갑니다. 걸어서 5분. 주민 센터 네거리 오른편으로 '자이 아파트' 상가 주차장과 만납니다. 쓸쓸히 젖고 있는 자동차 위로 서서히 번지는 어둠. 한쪽 길가에 쪼그려 앉은 '구두수선 케빈'에도 불이 들어올 시간입니다.

노란 버스에서 내린 한 그룹의 아이들이 우르르 '파리 바게뜨'로 몰려가고 마침 도착한 좌석 버스가 한 무리의 퇴근자를 풀어놓고 정물처럼 서 있습니다.

문을 닫은 떡나무 집 앞. 키 큰 가로수 가지에 매달린 축축한 허무가 등을 켭니다. 무슨 특별한 시간도 존재도 의식하지 못해 그렇고 그런 일상이 돼버린 팍팍한 하루가 또 하나 지나가고 있습니다.

비가 그친 밤. 이제 빗물로 씻어낸 슬픔은 성복천으로 흘려보내고 차츰 밝아지는 등불에 젖은 마음을 말리며 가족이 있는 집으로 돌아가야겠습니다.

　글쎄요. 내일쯤은 개이겠지요.

　버스가 빈 차로 떠납니다. 어떻습니까?

　이런 밤은 좀 헐거워진 빈 차가 좋아 보이지 않나요.

시인의 말

문어 잡는 것은

시인의 노가다

깊은 탄광에서

높은 우주에서

쪽박 차지 않게

24년 매미가 우는 계절에서

손나래

손나래 (본명. 손석만) 경남 진주 출생
방송통신대학 국어국문학과 · 문화교양학과 졸업
중앙대학교 예술대학원 문예창작전문가과정 수료
시집. 『지구 특파원 보고서』(세종나눔우수도서) 외
제9회 등대문학 대상
E-mail : ssm2945@daum.net

현장

  도로 위에 복사기가 굴러간다

  사냥을 위해 납작 엎드렸던, 삶의 전생을 비운 껍데기
가 지나가는 복사 무게를 받아주고 있다

  여우를 공격했던 야생은

  사람들이 아름다운 자살을 위해
천천히 물속으로 들어가는 속도와는 다르다
순간의 충돌을 선물 받았다 아나키즘 사상이 필요했다
누구의 간섭도 없이,

  압축으로 자꾸 복사하는 타이어
삶의 동공이 묻어
도로 위에 굴러간다 사냥의 속도로,

야생과 문명의 충돌은 꽃, 책장 사이에 넣어둔 나뭇잎처럼
  껍데기만 남는 것

  삶 전생의 발톱이
  복사기 바닥만 움켜쥐고
  자꾸만 야위어지는, 삶의 후생 복지가 도로에 휘날리고 있다

점프

나르는 것들은
개구리점프로부터 시작된다

점프의 시작으로,
인공위성은 신발을 벗어던지고
개구리 실내화날개를 펼치고
우주에 살림을 차린다

새들도 점프를 신고 있다 뱀의 배밀이 추진보다
높은 나이키로 날고

허공에서 내릴 때도 점프를 신는다

우주에서 떨어지는
별똥미사일에는 점프가 자리지 않는다

허공에 타는 레일은
뱀처럼 기어가는 기차의 레일과는 다르다
레일은 하늘의 바람
바람을 타고 개구리가 뛴다 로켓이 난다

이 모든 창작은 개구리점프에서 준비되었다

거울 방에서

거울 한 면에서 내 뒷모습이 소란 하지 않는 문으로 나가고 있다 미래의 신발로, 뒤돌아보지 않는 시간을 발자국으로 남기면서

멀리 창밖에는 귀가 자라고 있다 발걸음이 꼿꼿이한 비밀을 들키지 않으려는 눈치로, 오르면 죽을 때까지 내려가지 않는 나무같이

사람들은, 거리에서는 거울을 보지 않는다

거울의 약속은 버림받지 않는다 노래는 리듬을 타고 흔들거리지만 거울 발자국은 미동의 틈도 없다 딱 본전만 품앗이한다

투명한 호수와 거울은 한 묶음이다

다른 거울 면에서는 투명한 바다가 있다 갈매기들이 거울 호수를 쪼아댄다 소리가 복사된다 지구를 한 바퀴 돌아도
소리는 거울을 벗지 못한다

또 다른 창밖에는 눈이 내린다
차창에, 눈발은 눈물처럼 발을 흘린다
눈물은 리콜이 없다

거울 방에는 발자국 그림자가 없다
미래라는 것에는 비로소 아픔을 읽지 못한다

나는 거울 방, 호수의 내면에서
자라 나가는 미래를 본다 지금의 미련에서, 거울 비밀
을 유서처럼 남기지 않으려고

에덴 사과의 비밀

　사과는 원래 사각이었다
　유혹에 넘어가기 좋게 사과는 둥글고 공산주의처럼
붉어졌다

　유혹이 아니라고 외치는 외야수는 사과를 던졌다
　투수는 사과를 받아먹고 강판당했다

　받아먹는 것에는 비밀이 있다 비밀은 둥글어서 받아
먹기에 편리했다 투수 글러브처럼,

　오렌지라 말하고 사과를 먹고 입을 열면 네모난 사과
를 토했다 비밀은 네모로 굴러다니기에는 불편했다

　붉은 딱지와 네모는 친했다

　"국민여러분, 네모에 갇히면 민방위로 문을 여세요"하
는 공개방송이 사방에서 굴러다녔다 사과처럼,

과녁을 보고 던진 사과는 머리통이 깨졌다

민방위 깃발이 흔들리고 있다

등쳐먹고 사과하는 것은 비상식적이었다 놀랍다고 말
하는 사람이 있는 반면에 불편하다는 말이 우세했다

사과를 가지고 비밀을 말하는 것은
이미 '뉴턴'이 했던 말을 써먹는 것이다

사생활

잠결에 꿈을 만져보니 물컹했다

베개가 선물로 준 것이다

꿈의 사생활은
젤리처럼 우주를 날아다니기에 적당했다
바다에 음악이 출렁거리는 것은 방파제를 버렸기 때문
이다 꿈이 풍선으로 부풀었지만 날아다니는 것은 언제나
지느러미처럼 어지러웠다

꿈은 키우면서 버려진다

영화 속에 사는 사람에게도 물컹과 출렁거림이 있다 사
막에서 아이스크림이 녹아 흘러내리는 것도 음악,
나는 자다 일어나도 아이스크림을 귀에 바른다

비눗방울을 훅 뿌리면 우주가 진열된다 지구가 떠다닌다

바다에 음악이 떠다니는 것은 사생활을 버리지 못하기 때문이다

사막에서는 이슬이, 가로등 불빛에 하루살이로 내린다 모래 속에서 풀이 머리카락처럼 길어지는 것은 사막 노래이다

풀이 눕는 것을 김수영이 발견했다

가족적이어서, 풀은 언제나 한꺼번에 자고
아침에 일어선다 꿈속의 물컹은 악몽과는 관계없다 모래의 사생활이 지리시 풀이 되었다

물컹과 젤리는
베개를 떠났다 꿈이 물들어 가는 아침노을에서 영화처럼,

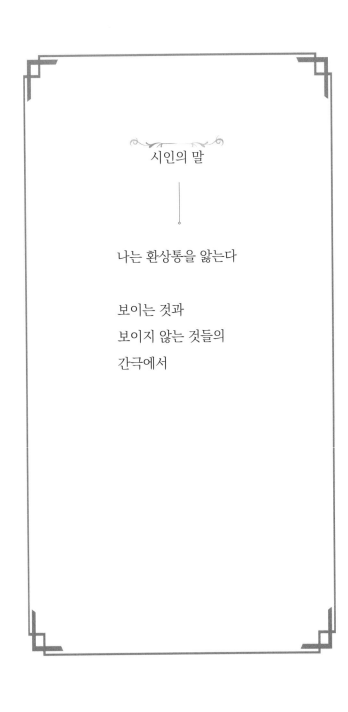

시인의 말

나는 환상통을 앓는다

보이는 것과
보이지 않는 것들의
간극에서

이수니

중앙대학교 예술대학원 문예창작전문가과정 수료
2015년《시와 표현》등단
시집『막다른 절정』외
E-mail : leesun3589@naver.com

아무거나

우르르 술집으로 몰려온, 절대 아무거나로 불러지지 않는 한 무리의 사내들이 안주는 아무거나 주세요, 한다. 아무거나에 길들여진 입맛들은 아무거나 먹지 않는다. 아무거나, 는 입맛을 지배하는 금세기의 미각 방정식으로도 풀 수 없는 지배계층이다.

암묵적으로 아무것도 하고 싶지 않다는 것은 절대 아무거나, 가 아니다. 아무거나로는 아무거나, 가 될 수 없다.

23도의 불기를 털어 넣고 바짝 달구어진 크윽, 한 마디 내뱉는 그 뒤로 한 젓가락 들어가는 아무거나, 그 아무거나, 가 입 안으로 들어가면 쓴맛도 화끈거리는 빈속도 칼끝 같은 첫 잔의 짜르르한 느낌도 모두 뜨끈하고 다녹거리는 입맛이 된다.

그 감칠맛 나는 아무거나, 가 다시 둥근 탁자에 저들을 둘러앉게 만드는 것이다.

아무거나, 는 시대의 풍미를 아는 당당하게 차림표 서열에 줄을 선 것이다. 한 끼의 급박한 요기도 공경도 되는 섭섭하지 않은 대접인 것이다. 아무거나, 는 아무나하고도 어울릴 줄 아는 미덕을 가진 것이다.

취해가는 사람들을 물끄러미 지키는 아무거나 한 접시

마네킹 氏

폐업한 상가 유리문 안에
마네킹 氏 여러 명 서 있다
서성거리지도 않는다는 것은
버려진 것들이다

여기 꼼짝 말고 서서 기다리라고
누군가 못 박아놓은 당부다.
쓸쓸한 기다림이다
한쪽에 떨어져 나간
제 팔을 우두커니 바라보고 있는
폐업의 자세다
저건 비정규직도 못 되는 것이다
한 자세로 버티는 일쯤은
이력이 난 직업이었지만
벌거벗은 민망한 듯
먼지를 입고 있다

유행 지난 옷은 절대 입지 않았던
콧대 높은 자존심에도 금이 갔다
정격 포즈로, 화려한 조명 아래 빛나던
 이 시대의 유행도
 구조조정은 피할 수 없었던
 마네킹 氏들 아니,
 그녀들

서 있는 소파

서 있어야 보이는 것들이 있다

누군가 내다 버린 소파
왜 뉘어놓지 않고 세워 놓았을까
저곳에 앉아 무료한 수다와 칼잠을 자기도 했을 주인은
한동안 변방을 떠돌겠지?
짓눌렸던 쿠션이 부풀어 오르고
찢어진 곳곳으로 빗물이 훌쩍훌쩍 흘러들고
먹먹한 속내들이 젖고 또 말라가겠지

서 있는 것은 다리를 세우고
시선과 생각을 세우는 것

네 개의 다리로 앉아있던 소파
한 개의 다리도 사용하지 않고 설 수 있다는 것
비스듬히, 각도를 버리는 것
서서 버티는 나무들은 알지
편안한 자세란 다리를 벌리는 것

다리를 놓아버린, 거리와 시선은
내 안을 볼 수 있는 자세인 것이다

오아시스가 숨어 있는 마차

꼬인 혀,
말 한 마리 끌지 못하는 포장마차엔
둘러앉은 말들이 날뛴다.
날뛰는 말들이 들어앉은 입속에는
토막 난 낙지가 꿈틀거린다.
꼬인 말들이 끌고 가는,
마차 주인은 혼자
마차의 속도를 따라 잡느라 분주하다.

가끔 뚫린 봉창으로 꼬인 말들이 튕겨 나오는
한밤의 신기루, 그 신기루를 지나왔다는 것조차
가물거리는 아침 말들은 다 도망가고
언제 낙마라도 한 듯 온몸이 지끈거린다.

악착같은, 절단된 다족류를
씹어 삼킨 기억이 비틀거리고
꼬였던 말이 울렁거리는 혀로 바뀌었다면
당신은 분명 어느 마차를
타고 달린 적이 있었다는 것이다.

말이 꼬였다는 것은 여러 줄기의 의견이
서서히 온도를 올리는 감정들이 있었다는 것
좁은 장막 속의 오아시스
말은 잘 휘어지고 엉키는 습성으로
몇 잔 소주가 휘저어 놓은 난장판을 떠올린다.

말의 꼬리를 잡고 마차는 또 어디쯤
오아시스를 숨겨놓고
한낮 장막 속에서 코를 골고 있다.

환상통

2만 2천 볼트의 전류에 두 팔을 잃은
화가는* 섬광처럼 환하다
아직 두 다리가 남아있다고
확실한 희망이 남았다고.

통증은 순간마다 선명하다.
두 팔이 잘려 나간 자리에
가시가 돋는다.

가시들은 따끔거리는
봄의 통증으로 물이 오른다
뾰족한 햇살을 충전하는 명자꽃
붉은 색깔은 참았던 통증일까
수혈하듯 봄의 울타리는
푸릇푸릇 살이 오른다.

온몸으로 피우는 명자꽃

꽃 진 자리마다 피가 고인 듯

푸른 이파리가 돋는다

* 석창우 화백

이 인

중앙대학교 예술대학원 문예창작전문가과정 수료
2013년《시인동네》 신인상 수상
시집 『당신으로부터 사흘 밤낮』
2018년 경기문화재단예술창작지원금 수혜
2019년 한국문화예술위원회 아르코문학창작기금 수혜
E-mail : dltjdwk717@naver.com

늑골 안에 새 한 마리 품고

오뉴월 산사나무 아래 우두커니 서서

층층으로 핀 꽃사태를 보다가

그만 새를 놓쳤다

새의 날개에 숨겨진 本來面目,

품고 있던 마음이

허공 속으로 사라질 때

불안과 초조함이 물밀듯이 밀려왔다

시를 들인다는 것은 필생 젖은 몸을 불사르는 일

호흡을 가다듬고 다시 詩作,

계수나무 아래

둥근달 속 계수나무 아래 떡방아 찧는 토끼가 아른거리는 밤이다

암 병동 창틀에서 어깨를 나란히 한 채
달빛에 젖는 두 사람

그녀는 달을 올려다보며 계수나무 아래 토끼 두 마리가 방아를 찧는다고 말하고

그는 쉰 목소리로 달이 너무 크고 환하여 토끼는 보이지 않고 나무 이파리만 흔들린다고 퉁명스럽게 말을 던진다

그날 밤 둥근 달은 속절없이 환하게 웃고 있었다

닭의장풀

풀숲이 떠들썩합니다
포엽 속에서 닭 볏처럼 생긴 것이 꽃잎을
파랗게 게워 내고 있기 때문이지요

풀잎 속에 잠든 벌레들을
흔들어 깨워야 한다고
달개비는 무릎을 일으켜 세웁니다

고개를 치켜들고 목울대 곧추세워
닭 울음소리 내 보지만
제 속의 귀울림만 윙윙거릴 뿐
풀밭은 더없이 고요해집니다

저마다 생긴 것이 다른 풀들은
목소리가 들리지 않는다고
서로의 귀를 잡아당겨 봅니다

햇살이 달아오르기 전
꽃잎을 다물어 버리는 달개비

꽃잎 겨드랑이에 매달린 한 뼘의 그늘이
구월 하늘을 닮아갑니다

시선視煽

손을 뻗어

봄을 접었다 펴면

겹겹이 접혔던 모서리마다

뿌리에서 뿜어 올리는 풀무질 소리

앉은 자리가 꽃자리

조경으로 세운 바위틈에서 참나무 싹이 돋았다

바위는 풍경의 배경

한 줄기 햇빛과 지나가는 바람뿐이다

어린뿌리가 자리 잡은 곳은 절벽,

바위가 품고 있는 것은 낮은 숨소리,

가끔 뿌리의 목마름을 견뎌낼 수 있게

돌 틈 사이로 서성이는 가랑비

틈새에도 빗줄기가 찾아든다

때와 장소 불문하고 때론 절벽에도 몸 널 자리가 있어

마음 내려놓을 꽃자리가 된다

물방울 넥타이

언덕 위 적산가옥 낮은 기와지붕 위로 칠십 년 된 감나무의 감이 십 리 밖에서도 보였다는 그 집, 봄이 오면 살구꽃 복숭아꽃 감꽃으로 만화방창이 되어 집은 보이지 않고 나무와 꽃들이 흐드러지던, 일제 강점기와 육이오 사변을 겪으면서 엉킨 시간 속을 걷던 그녀의 밤은 멀리서 들려오는 총소리로 이불 뒤집어쓰고 뜻 모를 가사를 자주 흥얼거렸다는 흩어진 이야기

팔순을 넘긴 그녀가 복지관 노래 교실에서 배운 물방울 넥타이, 수화기 너머로 들려주던 그 트로트는 봄날에 어울리는 화려한 음색,

시간이 갈수록 반복되는 리듬은 엇박자로 부르다 그녀만의 만가가 되었다 햇빛 무성한 날 무리 지어 핀 꽃들의 노래가 쏟아져도 그녀의 목소리는 들리지 않는다

몇 번의 초록이, 분홍의 날들이 다녀가고 이젠 나도 슬픔을 어루만지며 즐길 줄 아는 나이, 엇박자로 부르는 트로트를 불러줘도 귀명창이 되어 찰지게 들어 줄 수 있는데 수화기 너머로 얻어들은 멜로디를 같이 부르며 춤출 수 있는데,

봄밤이 늘어지도록 듣는 "물방울 넥타이" 온몸으로 파고드는 리듬을 타다 없는 그녀에게 전화를 한다
그곳에서
물방울 넥타이가 잘 어울리는 그 남자를 만났나요?

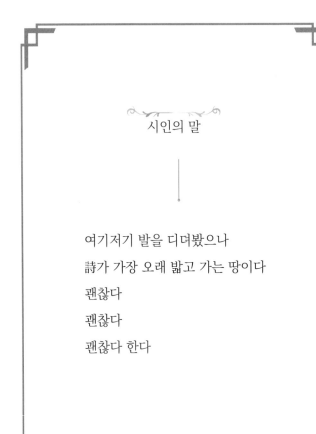

시인의 말

여기저기 발을 디뎌봤으나
詩가 가장 오래 밟고 가는 땅이다
괜찮다
괜찮다
괜찮다 한다

조재학

중앙대학교 예술대학원 문예창작전문가과정 수료
《시대문학》으로 등단 (1998)
시집『날개가 긴 새들은 언제 오는가』외 두 권
《문학의 집 서울》시 낭송대회 대상(2013), 경상북도문학상(2016)
E-mail: jaek5621@hanmail.net

향내를 불러내다

마우스가 뒤집혀서 눌러두었던 붉은 마음을 들킨다
흰 것의 속이 저렇게 붉다니

에스컬레이터를 타고 올라오는 청춘 둘이 껴안고
얼굴을 포개고 있었다
여자에게서 오스카 로션 향이 났다
그때 나는 그 곁에서 손잡이를 꼭 잡고 선 채
급강하하고 있었다

시장통 어느 화장품 가게 앞을 지날 때 문득 그 향기가 나
뒤돌아보니 한가한 시장 낯익은 골목 앞에 나는 서 있
었다
나비의 날갯짓처럼 팔랑거리는 향내에 홀려 우두커니
있었다
무슨 일인지 후줄근해져 나는 어둠이 내리는 거리를
걸었다

낯선 별과 별의 거리를 재다 다 닳은 신발로 돌아온 어
린 날처럼
　그때 나는 어떤 별들 사이를 헤맨 것일까
　네 옷엔 숲의 냄새가 도깨비풀처럼 붙어있었다
　나는 "수잔"하고 우물거렸으나
　수잔은 누군가

　그러나 나는 수잔의 걸음걸이로 이곳에 도착한 것 같다

마우스를 잡고
웹사이트에서 '네 향내'란 아이디를 클릭한다

이윽고 오스카 로션의 하얀 향내가 불려나온다

그물

해달 보노보노가 뭔가를 기억해내지 못해서 나무 아래 우두커니 서 있을 때 그의 기억을 꺼내주려 다람쥐 포로리와 라쿤 너부리는 조심조심 따라다니며 말을 걸어준다

바다의 대산호초 지대는 가시관 불가사리 무리의 먹이가 되려하는데 그들을 지키려 산호 폴립과 애꾸눈 고양이 쾌지의 옥토넛 탐험대가 출동할 때

장애인 은아는 옮겨간 복지관으로 후원을 요청하는 간곡한 메시지를 보내온다

너의 절망이 아주 땅에 떨어지지않도록 누군가는 노란 민들레의 마음을 전하리라

여름 햇볕에 화살나무 이파리들이 끝부터 타들어간다

그 뿌리 곁에 강아지풀들 그 곁에 잎을 돌돌 말고 선 조릿대

그 곁을 드나드는 참새들 그 밑에 슬그머니 흔들리는 그림자

캄캄한 새벽 어느 별에서 보니

푸르고 작은 점

작은 점을 열고 들어가니
바다가 있고
높은 빌딩과 처마 낮은 지붕들이 있고
그 사이 차들이 달리고
사람이 걸어가고

사람의 아이가 달려가고 있다

아이는 한 골목의 초록 대문을 밀고 들어간다

아이, 대문 안에 발을 들여놓으며
벽돌담 곁 산수유나무에 눈길을 준다
벗겨지는 수피를 만져보고
노란 꽃술에 입술을 대본다
　-보고 싶었어
꽃술이 아이의 숨결에 촉촉해진다
(한 번도 집을 떠나본 적이 없는데)
아이는 어디에서 온 걸까

한 번도 떠나 본 적 없는 아이의 마음은
어디에 있었던 것일까

아이가 가만히 하늘을 본다

창공은 더 넓고 무수히 차오르는 별들로 가득해질 것이다

아이가 더 작고 더 푸른 점이 되어가듯이

가끔은 생각도 정신을 차릴 때가 있다

열차 창가에 붙어 서서 하늘을 올려다보던 그녀가 얼른
맞은 편에 앉은 내게로 다가와 소곤댄다
　　- 저쪽 하늘에 행글라이더가 떠있어요. 신기해요.
　　- 아, 그래요.
나도 웃으며 응대는 했으나 처음 보는 사람이다

신기한 것을 함께 본 사람의 마음은 신기해진다
경계가 사라진다

경계가 없는 생각은 자주 길을 잃는다
두물머리의 물빛이 하늘빛과 같다고 느낀 그날도
강이며 하늘의 경계를 넘어선 생각들은 돌아오지 않았다

자목련이 피던 어느 봄밤
망연히 버스 정류장에 서 있던 그날
나와 그와의 사이

대여섯 발짝의 희미한 거리 같은 것이
어디에나 있었다

그를 태운 버스가 떠나고 난 뒤 한참을
누군가를 닮았다는 생각에 붙들려 있었다

하마터면
막차를 놓칠 뻔했다

버스에 흔들리면서
가끔은 생각도 정신을 차릴 때가 있다는 것을 알았다

붉은캥거루

붉은캥거루는 이 강의실의 강사다
나는 둘째 줄 책상 앞에 앉아있다
붉은캥거루는 앉아서 하겠다고 말한다
남도의 억양이 섞인 어투다
천천히 말문을 연다
저렇게 한 자리에 가만히 앉아 강의할 모양이네 나는
중얼거린다
내 생각의 눈이 둥그레졌지만 붉은캥거루의 생각 페이
지가 넘어갈 때마다 내 시선의 등뼈는 꼿꼿해진다 나는
붉은캥거루를 듣기 시작한다 붉은캥거루의 눈빛 7페이
지를 들으면서 메모하고 그의 눈동자는 나를 보는 듯하
다가 왼편으로 몰리면서 뭔가를 찾는 듯 문득 눈빛이 깊
어진다 다시 우리를 보고 천천히 입술을 연다 짧은 문장
의 구어체가 잠시 잠시 쉼표를 찍으며 나올 때 그 문장
은 먼 길을 달려온 듯 닳은 뒤축이 보인다 피가 조금 배
인 듯한 문장은 마치 감자 줄기에 알차게 여문 감자 같
다 감자는 삶아 먹고 싶을 만큼 먹음직하다 때로 구어체
의 짧은짧은 문장들이 공기를 흔들며 돌부리를 지나 내
안으로 스며든다 한 문장을 마치고 붉은캥거루가 입술
을 꼭 닫을 즈음엔 얼굴을 돌려 먼 곳에 시선을 둔다 다

시 시선을 끌어당겨 우리를 바라보면 입술을 열고 입술에서 천천히 문장이 걸어나온다 문장의 걸음에 맞추어 붉은캥거루는 미간이 찌푸려지기도 하고 고개가 왼쪽으로 오른쪽으로 흔들리기도 한다 붉은캥거루가 흘려보내는 서술어 끝에 ?가 붙을 땐 나도 마음의 걸음을 멈추고 가만 그 눈빛의 의미에 집중한다 붉은캥거루의 입술이 열리고 닫히는 행간에 내 생각이 숨어든다 그러다가 붉은캥거루를 잘못 읽어 내 오늘을 탕진하는 건 아닐까 의문을 붙이기도 한다 붉은캥거루의 이마는 형광등 불빛에 반짝인다 마치 붉은캥거루 입술에서 흘러나오는 문장들이 내 마음에서 반짝이는 것처럼

두 시간을 그 의자에 앉아 몸은 없는 듯 눈빛으로 시선으로 미간의 찌푸림으로 고개를 흔드는 일로 입술을 열었다 닫았다 붉은캥거루는 제 생각을 풀어나간다 나는 고개를 끄덕이거나 바라보거나 필기하면서 붉은캥거루에게서 시선을 떼지 않는다 이윽고 붉은캥거루는 시계를 쳐다보고 시간이 다 됐네요 마치겠습니다 열심히 읽었던 책의 마지막 페이지를 덮는다 … 숙성한 배를 한입 깨물었을 때처럼 붉은캥거루의 말맛이 고인다

잉걸 동인지 해설

이승하 교수

다시 타오르는 잉걸불의 불꽃

이승하(시인, 중앙대 교수)

중앙대학교 예술대학원 문예창작전문가과정을 수료한 10명의 시인이 모여서 '잉걸동인'을 결성한 것이 2016년이 아니었던가? 2018년 8월에 첫 동인지를 냈고 2023년에 세 번째 동인지를 냈다. 동인지를 낼 때만 모인 것이 아니라 기쁜 일, 궂은 일이 있을 때도 모였다. 지난 8년 동안 1년에 꼭 두세 차례 모여 소풍도 가고 식사도 하고 우의를 돈독히 해 온 잉걸 동인이 이제 막 네 번째 동인지를 낸다고 한다. 이분들이 전문가과정에 다닐 때는 매주 시를 봤지만 다들 등단하고 난 이후에는 시를 한자리에서 보는 경우가 없었다. 각자 간간이 시집을 내기도 했지만 시집이 한두 해 만에 뚝딱 나오는 것이 아니다. 이번에 10명 시인의 신작 5편씩을 읽어보니 옛날 생각도 나고 감회가 가슴을 뭉클하게 한다. 주마간산 격으로 읽으면서 몇 마디씩 소감을 전할까 한다.

사진작가로 활동 중인 강다연은 시에서도 '본다'와 '보이지 않는다'가 중요하게 다뤄진다. "몸도 마음도 낮추고 꽃을 보기"도 하고 "귀밑 언저리에 잡풀 돋은 들길로/ 혼자 걸어도 끝은 보이지 않는다"고 말하기도 한다.

「여우꽃」과 「나사」도 사진을 찍는 시인의 예리한 눈썰미가 돋보이는 시다. 그런데 가장 큰 놀람을 준 시는 제일 앞에 놓인 시다.

> 홍천강 너머로
> 몇 구비 졸졸 따라 흐르는데
> 유독 잘생긴 놈 하나가
> 우뚝 솟아 있다
> 여러 봉우리 중, 저 한 녀석이
> 내 몸 번쩍 들어 올려 쓰러뜨린다
>
> 거참 독하게 잘생겼네
>
> 내 질 속에 집어넣어 버리면
> 또 다른 산봉우리 몇 개나 더
> 토해낼 수 있겠다
> —「거참 잘생겼다」 전문

강원도 홍천강 너머에 잘생긴 산봉우리들이 있는데 그중 하나는 독하게 잘생겼고, 그 녀석이 화자의 몸을 번쩍 들어 올려 쓰러뜨린다. 그런데 놀랍게도 그 산봉우리를 화자 자신의 질 속에 집어넣어 버리면 또 다른 산봉우리 몇 개를 더 토해낼 수 있겠다고 하니 제주도 설문대할망 신화가 생각난다. 키가 크고 힘이 센 제주의 여성신인 설문대할망이 싸는 오줌발에 성산포 땅이 뜯

겨 나가 작은 섬이 되었다고 한다. 할머니는 몸속에 모든 것을 가지고 있어서 풍요로웠는데 탐라의 백성들은 할머니의 부드러운 살 위에 밭을 갈았다. 할머니의 털은 풀과 나무가 되고, 할머니가 싸는 힘찬 오줌 줄기로부터 온갖 해초와 문어, 전복, 소라, 물고기들이 나와 바다를 풍성하게 하였다. 그때부터 물질하는 잠녀가 생겨났다고 한다. 시작 화자의 말이지만 "내 질 속에 집어넣어 버리면" 같은 표현은 쉽게 할 수 있는 것이 아니다. 설화와 전설, 신화에 대해 시인의 관심이 집중되면 좋은 작품을 수확할 수 있을 것이다.

고은진주는 신춘문예와 문예지 신인상은 물론 문학상도 여러 차례 수상한 적이 있는 실력 있는 시인이다. 고 시인의 이번 발표작은 인간의 음식 섭취가 대종을 이루고 있다.

> 대형식당 간이천막 밑으로
> 체온이 없는 가명들 들어찹니다
>   —「본업들」 제1연

> 자발적 허기를 겪을 때마다
> 밥 먹으라는 엄마의 목소리가 떠오르는 것이다
> 문만 열면 끝났을 허기를 두고
> 사흘을 단말마로 굶었던

금식 스캔들!
　　　　　　　　　―「지나간 허기에 대해」 부분

봄을 한 상 차려 먹은 듯
목덜미에 꽃이 핀다
　　　　　　　　　―「알레르기」 제1연

　인간은 하루만 굶어도 머리가 먹을 것으로 꽉 찬다고
한다. 예전에는 생존을 위해 음식을 섭취했지만 지금은
영양가, 다이어트, 금액 등 온갖 것을 다 생각하며 먹어
야 한다. 특히 고은진주 시인은 자본주의 체제에서 생
존전략을 짜기 위해 고심하는 인간들을 관찰하고 있어
서 시들이 대단히 현대적인 감각을 지니고 있다. 「본업
들」이나 「틈 수집가」 같은 시들이 특히 그러한데 이런
세계를 계속해서 파고들면 시단의 주목을 크게 받게 될
것이다.
　김순자 시인은 제5시집을 준비 중인데 동인들 중 맏
이 역할을 잘해서 지금까지 잉걸 동인이 제대로 굴러온
것이 아닌가 생각한다. 시만 보고선 도저히 나이를 짐작
할 수 없다.

　　　놀자 하니 못 놀 것도 없다
　　　이왕이면 시마詩魔도 불러내자
　　　무인도에 갇혔으니 시마를 앉혀놓고

굿거리 한 판 벌려 볼거나
신명 나게 북을 울려 둥둥 두두 둥
흥겹게 장구 치고 꽹과리를 친다
즐기는 것이 이기는 것

시마와 손잡고 한바탕 놀다 보니
세상이 뒤엉켜 뱅뱅 돌던 어지럼증도
쑤시고 저리던 육신의 뼈마디도
목이 붓도록 자지러지게 토해내던 기침도
오르내리던 한기도 슬금슬금
코로나19란 놈 어디론가 뺑소니치고 있다
오는 놈 막지 않고 가는 놈 잡지 않는다

이만하면 코로나 19와의 싸움에
승부는 나지 않았나
안하무인 덤비는 별난 놈
세상을 공포의 독 안으로 몰아넣은
예끼 이 못된 놈아!
사방팔방에 소금 뿌려 액막이를 한다
잘 가시라 다시는 얼씬거리지 말거라

시마의 용감한 응원 고맙다
늘 함께한 나의 사랑하는 시마
　　　　　　　　—「시마와 함께」 후반부

　시인은 시마를 불러다놓고 한바탕 놀이판을 벌인다.
시에 들려서 살아온 24년 세월의 희로애락이 이 한 편의 시에 응축되어 있다. 「땅따먹기」나 「질서가 뒤바뀌다」도 흥겨운 한 판의 굿 같다. 「달빛에 홀로 익어가는 가을」은 전통 서정시의 기법을 준수하고 있는데 「눈감으면 떠오르는」은 완전히 새로운 양식의 서정시이다. 역사의 상처를 증언하기 위해 '구술'이라는 기법을 사용한 예는 많았지만 소설에서나 가능한 일이었다. 시에서 이렇게 역사의 현장을 생생하게 보여준 예가 없었기에 이번 동인지의 큰 수확으로 꼽고 싶다.

　김유 시인도 제5시집을 준비하고 있다. 현직에서 은퇴한 이후 건널목 차단기를 지켜온 시인은 낮에 자고 밤에 시를 썼으니 주경야독은 아니고, 무엇이라고 할 수 있을까? 자연과 문명 세계를, 생명과 사물을, 지상과 천상을, 과거와 현재를, 현실과 가상현실을 오가게 된 것은 직업의식 덕분일지도 모르겠다.

　　　　물과 불이 마주 흐르고
　　　　시작도 끝도 없는 이 시공에서
　　　　나는 어디로 가야 하나

　　　　우주의 문명을 아로새긴
　　　　이방인 AI가 성큼 다가온다

　　　　시키는 대로, 알아서 다 해주겠다는
　　　　어렴풋한 약관을 들고

물밀듯이 상륙하는 것이다

좋다가도
괜히 귀찮을 거 같은
지난 세월에 길든 옹고집들

숨쉬기부터 끝까지
生의 전 여정을 책임지고
GPS와 어디라도 간다는 말에

뜬구름같이 떠다니다
봄날을 찾으려는 발길

삭정이 진 늦가을이
인조 꽃 북적이는 낯선 전시장에서
엄마표 AI
'행복한 나날'을 찾고 있다
—「엄마표 AI를」 전문

　인공지능이 이 세상의 온갖 난제를 다 풀어주고 있는
듯하지만 기후변화와 생태계 파괴를 막지 못하고 있다.
세계 곳곳에서 전쟁은 계속되고 있고 남극과 북극은 급
속도로 녹고 있다. 김유 시인은 역설적으로, '엄마표 AI'
를 꿈꾸고 있다. 기계의 영역에 다 모든 것을 맡기지 말
고 우리 모두 상생의 방도를 찾아야 할 것이다.
　노수옥 시인도 고은진주 시인처럼 문예지 신인상 수상

이후 신춘문예에도 당선되어 연타석 홈런을 날린 바 있다. 5편의 시가 다 유머러스하다.

> 공사장 인부들이 자장면을 시켰다
> 배달 오토바이가 모퉁이를 돌아나가자
> 나무젓가락 같은 하루가
> 오전과 오후로 딱, 쪼개졌다
> 서둘러 자장면이 비벼질 때
> 단무지는 마치 반달에 잇자국이 난 듯하다
> 노랑이 검은 한 끼의 간을 맞춘다
> 미어지게 말아 넣은 볼 속이
> 꿀꺽 삼켜지는 순간,
> 목울대가 곱빼기로 흔들린다
> ─「잠깐의 쪽잠에도 노란 반달이 아삭하다」 전반부

얼마나 유머러스한 장면인가. 이들은 자장면을 먹고 쪽잠을 잔다. 단무지 같은 반달이 아삭하다고? 아주 독특한 상상력에 미소를 지으면서 다음 시로 넘어가면 다음 시는 더 웃긴다.

> 가령, 없어야 할 곳에 있거나
> 있어야 할 곳에 없거나
>
> 고집이라고 하면 관습이 받아친다
>   혼자가 아닌 둘
>   잠시도 그림자를 떼어낸 적이 없듯이

사용한 적이 없는 날에도 깔려있거나 가랑이에 끼
어있다

　어제 제모shop에서 그림자 뭉치를 말끔하게 지우
고 왔다
　예민한 감정선이 한 눈금 꿈틀거린다

　몸에 있는 그림자 뭉치를 후후 불어본다. 오래전
여자들이 불씨를 숨겨놓고 아침저녁 후후 불어 연
기를 깨웠듯이

　덜어내면 선명해지는 어둠의 민얼굴
　은밀한 곳이 사라졌다
　　　　　　　　　—「전통」 전반부

　독자에게 엉뚱한 추측을 하게 유도하는 시인의 해학적
인 시각이 이 시를 살리고 있다. 시인은 그림자를 떼어
낸다는 생각을, "몸에 있는 그림자 뭉치를 후후 불어본
다"는 생각을 어떻게 하게 된 것일까? "은밀한 곳", "부
끄러운 곳"은 도대체 신체의 어디일까? 냉장고를 "냉정
한 제왕"이라고 한 것도, 이 세상의 동그란 것들을 "제
자리가 없는 것들"이라고 한 것도 기상천외한 표현이다.

　어떤 씨앗이든
　자신이 씨앗이라는 것을 기억하는 기간이 있다

그러나 그 시간을 넘어가면
　　염두에서 썩거나 닳거나
　　전혀 다른 방향을 삼킨 씨앗이 된다

　　내뱉는 말과 듣는 말 중
　　어느 쪽이 더 많을까
　　이제 갓 말을 배우는 사람과
　　말에서 떠나는 사람이 떠오른다

　　말도
　　자신이 말이라는 사실을 잃어버릴 때가 많다
　　　　　　　　　　　—「쓰고 남은 말들」 후반부

　노수옥 시인의 시를 읽고 있자니 우리 시가 잃어버린
해학성이나 골계미가 살아날 것이라는 예감이 든다. 『사
과의 생각』과 『기억에도 이끼가 낀다』에 이어 어떤 시집
이 우리를 방긋 미소 짓게 할지 벌써부터 기다려진다.
　백성은 시단에서보다는 소설작단에서 더욱 이름을
떨치고 있다. 소설로 등단한 이후에 문학상 수상만 해
도 세 차례, 완전히 노익장을 자랑하고 있다. 「밤 벚꽃」,
「포토 라인」, 「세월」은 아주 정제된 깔끔한 서정시다.
하지만 「포획한 모자를 위하여」를 보면 이야기가 전개
되는 점에서 서정과 서사를 아우르고 있다. 「어느 비 오
는 날의 풍경」은 한 편의 스마트소설이다. 5편의 시 중
에서 가장 놀라운 관찰력과 상상력을 보여준 작품은 「포
토 라인」이다. 텔레비전을 보면 사흘 도리 이 땅의 똑똑

한 사람들이 포토 라인에 서 있는 것을 보게 된다.

노란 삼각형

거기 서면 별이 된다
한 번이면 족하다
두 번 설 일이 아니다

죄라면 빛났던 것이 죄다

별이 되기 위해서는 명료한 기억도 중요하지만
똑똑히 기억할수록 훌륭한 별이 되는 것은 아니다
달빛에 양심을 물들일 줄 알아야 빛나는 별이 된다

질문하는 별은 별로 좋은 별이 아니다
무엇을 잘못했는가? 왜 하필 나인가? 그래서 모두
내 탓이라고?

―「포토 라인」 부분

좋은 일로 포토 라인에 서는 경우는 거의 없다. 법을
어겨 포토 라인에 서면 사진 찍는 소리가 요란하게 들리
고 질문하는 사람들도 있다. 그런데 백성 시인은 "거기
서면 별이 된다"고 한다, 맞는 말이다. 별은 별이지만 스
타가 되기보다는 별을 달게 된다. "질문하는 별은 별로
좋은 별이 아니"라고 하는데 하하, 그러고 보니 그렇기
도 하다. 별을 달게 될 사람은 질문하는 별난 별을 째려

보거나 무시한다. 확실한 것은 그곳에 두 번 설 일은 아니다.

손나래 시인의 시는 기상천외함을 특징으로 한다. 시인의 나이, 그리고 사는 곳을 생각해서 시가 고색창연할 거라고 생각할 수 있겠는데 완전히 오산이다. 2년 동안 전문가과정에 다닐 때도 가장 실험적인 시를 써내곤 했던 이가 손 시인이었다. 시인의 이름을 생각하면 손사래를 치는 사람이 연상된다. 터줏대감들이 설치고 다니는 한국 시단의 완고함을 비웃으면서 손사래를 치는 손나래 시인의 작품을 보자.

　　　도로 위에 복사기가 굴러간다

　　　사냥을 위해 납작 엎드렸던, 삶의 전생을 비운 껍데기가 지나가는 복사 무게를 받아주고 있다

　　　여우를 공격했던 야생은

　　사람들이 아름다운 자살을 위해
　　천천히 물속으로 들어가는 속도와는 다르다
　　순간의 충돌을 선물 받았다 아나키즘 사상이 필요했다 누구의 간섭도 없이,
　　　　　　　　　　　　　　　　　　—「현장」 앞부분

우주에서 떨어지는

별똥미사일에는 점프가 자라지 않는다

허공에 타는 레일은
뱀처럼 기어가는 기차의 레일과는 다르다
레일은 하늘의 바람
바람을 타고 개구리가 뛴다 로켓이 난다

이 모든 창작은 개구리점프에서 준비되었다
 ─「점프」 뒷부분

 그 어떤 선배 시인의 영향도 받지 않고 아주 독보적이
고 독창적인 시세계를 구축한 손 시인은 좌충우돌하는
것처럼 보이지만 준법정신이 출중했던 시내 버스기사
출신이었음을 잊어서는 안 된다. 사상과 시어가 방향감
각을 잃고 비틀거리고 있는 것 같지만 천만의 말씀. 시
를 다 읽고 나면 시인의 문제풀이 방식에 고개를 끄덕이
게 될 것이다.

잠결에 꿈을 만져보니 물컹했다

개가 선물로 준 것이다
꿈의 사생활은
젤리처럼 우주를 날아다니기에 적당했다
 바다에 음악이 출렁거리는 것은 방파제를 버렸기
때문이다 꿈이 풍선으로 부풀었지만 날아다니는 것
은 언제나 지느러미처럼 어지러웠다

꿈은 키우면서 버려진다

—「사생활」 뒷부분

손나래 시인의 시는 논리적으로 의미를 파악하려 들지 말고 이미지에 초점을 맞추거나, 퍼즐 맞추기를 하거나, 역설로 이해하는 것이 좋다. 우리에게 고공 점프를 시키는 시인, 나래를 펴고 지금 힘껏 날고 있다.

이수니 시인은 정중동의 시인이다. 성품이 조용한 듯하지만 할 일을 다 하고 할 말도 다 한다. 생활 주변에 있는 온갖 사물에 생명을 불어넣어 주는 마이더스의 손을 가진 시인의 제2시집이 시단에서 크게 주목받을 것으로 믿는다.

우르르 술집으로 몰려온, 절대 아무거나로 불리지지 않는 한 무리의 사내들이 안주는 아무거나 주세요, 한다. 아무거나에 길들여진 입맛들은 아무거나 먹지 않는다. 아무거나, 는 입맛을 지배하는 금세기의 미각 방정식으로도 풀 수 없는 지배계층이다.

—「아무거나」 제1연

폐업한 상가 유리문 안에
마네킹 氏 여러 명 서 있다
서성거리지도 않는다는 것은
버려진 것들이다

—「마네킹 氏」 제1연

서 있어야 보이는 것들이 있다
                    —「서 있는 소파」 제1연

꼬인 혀,
말 한 마리 끌지 못하는 포장마차엔
둘러앉은 말들이 날뛴다.
날뛰는 말들이 들어앉은 입속에는
토막 난 낙지가 꿈틀거린다.
꼬인 말들이 끌고 가는,
마차 주인은 혼자
마차의 속도를 따라 잡느라 분주하다.
                    —「오아시스가 숨어 있는 마차」 제1연

2만 2천 볼트의 전류에 두 팔을 잃은
화가는 섬광처럼 환하다
아직 두 다리가 남아있다고
확실한 희망이 남았다고.
                    —「환상통」 제1연

　편편의 시가 동일인이 쓴 시라니 믿기지 않는 독자들이 있을 것이다. 시인은 요즘 이렇게 다양한 형식실험을 하고 있다. 편편의 시가 주제와 구성은 물론 표현 방법도 다 달라서 독자는 정신을 바짝 차리고 이수니 시인의 언어 실험을 지켜보아야 할 것이다. 궁극적으로 시인의 시편은 따뜻하다. "확실한 희망이 남았다고."로 한 말이 빈말이 아님을, 독자는 시를 통해 확인할 수 있을 것이다.

이인 시인은 창작지원금을 두 차례 받은 바 있는데, 그것만으로도 내공이 깊은 시인임을 증명했다고 여겨진다. 시인이 이번에 발표한 4편의 시는 공통점을 갖고 있는데 식물을 기반으로 한 상상력이 그것이다. '식물적 상상력'이란 것이 성립 가능한지는 모르겠는데 이인 시인에게는 그 식물의 특장점을 예리하게 묘파해내는 능력이 있다.

> 둥근달 속 계수나무 아래 떡방아 찧는 토끼가 아른거리는 밤이다
> ―「계수나무 아래」 제1연

> 풀숲이 떠들썩합니다
> 포엽 속에서 닭 볏처럼 생긴 것이 꽃잎을
> 파랗게 게워 내고 있기 때문이지요
> ―「닭의장풀」 제1연

> 뿌리에서 뿜어 올리는 풀무질 소리
> ―「시선視攝」 마지막 연

> 조경으로 세운 바위틈에서 참나무 싹이 돋았다
> ―「앉은 자리가 꽃자리」 제1연

우리가 조금만 신경을 쓰면 달려오는 식물들. 사실은 우리 곁에 그것들이 있었음에도 불구하고 우리는 그것

을 몰랐고 무시했다. 이런 시야말로 산림문학상을 받을 작품이 아닌가? 하지만 시인은 이야기가 있는 시도 쓰고 있다.

> 언덕 위 적산가옥 낮은 기와지붕 위로 칠십 년 된 감나무의 감이 십 리 밖에서도 보였다는 그 집, 봄이 오면 살구꽃 복숭아꽃 감꽃으로 만화방창이 되어 집은 보이지 않고 나무와 꽃들이 흐드러지던, 일제 강점기와 육이오 사변을 겪으면서 엉킨 시간 속을 걷던 그녀의 밤은 멀리서 들려오는 총소리로 이불 뒤집어쓰고 뜻 모를 가사를 자주 흥얼거렸다는 흩어진 이야기
>
> ―「물방울 넥타이」 제1연

이런 시는 한 인간의 이야기이면서도 가족사를 포함하고 시대 상황까지 겹친다는 점에서 시간과 공간의 진폭이 아주 크다. 아마도 시인은 앞으로 이런 서사가 곁들여져 있는 시를 종종 써 독자들에게 보여주지 않을까.

조재학 시인은 네 번째 시집을 준비하고 있는데 아주 색다른, 중요한 시집이 될 것임을 예감한다. 요 근래 시인의 작업은 드라마가 있는 시에 집중하고 있는데, 그래서 아주 재미있다. 유튜브의 시대에 걸맞게 특별한 장면을 동영상으로 찍어 독자에게 보여준다.

에스컬레이터를 타고 올라오는 청춘 둘이 껴안고
얼굴을 포개고 있었다
여자에게서 오스카 로션 향이 났다
그때 나는 그 곁에서 손잡이를 꼭 잡고 선 채
급강하하고 있었다

　시장통 어느 화장품 가게 앞을 지날 때 문득 그 향
기가 나
　뒤돌아보니 한가한 시장 낯익은 골목 앞에 나는 서
있었다
　나비의 날갯짓처럼 팔랑거리는 향내에 홀려 우두
커니 있었다
　무슨 일인지 후줄근해져 나는 어둠이 내리는 거리
를 걸었다

　낯선 별과 별의 거리를 재다 다 닳은 신발로 놀아
온 어린 날처럼
　그때 나는 어떤 별들 사이를 헤맨 것일까
　네 옷엔 숲의 냄새가 도깨비풀처럼 붙어있었다
　나는 "수잔"하고 우물거렸으나
　수잔은 누군가
　　　　　　　　　　　　　―「향내를 불러내다」 부분

　이 시의 특징은 진술에 힘이 있다는 것이다. 알쏭달쏭
한 애매성을 배제하고 장면 묘사에 치중해 독자는 이야
기의 재미에 흠뻑 빠져들게 된다. 시에 유머가 있고 위
트가 있다. 요즘 많은 시인들이 동시를 쓰고 있는데 조

재학 시인은 때때로 동화적 상상력을 발휘하고 있다. 흥미로운 서사가 눈길을 끌어당긴다.

> 해달 보노보노가 뭔가를 기억해내지 못해서 나무 아래 우두커니 서 있을 때 그의 기억을 꺼내주려 다람쥐 포로리와 라쿤 너부리는 조심조심 따라다니며 말을 걸어준다

> 바다의 대산호초 지대는 가시관 불가사리 무리의 먹이가 되려 하는데 그들을 지키려 산호 폴립과 애꾸눈 고양이 콰지의 옥토넛 탐험대가 출동할 때

> 장애인 은아는 옮겨간 복지관으로 후원을 요청하는 간곡한 메시지를 보내온다
>
> ─「그물」부분

「캄캄한 새벽 어느 별에서 보니」는 어린이가 읽는 동화이고 「가끔은 생각도 정신을 차릴 때가 있다」는 어른이 읽는 동화라고 할 수 있을까? 서정의 세계를 벗어나서 드라마의 세계로 가고 있는데 제3집에서도 「푸른 사내 덩굴」을 통해 시도한 적이 있었다. 그런데 「붉은캥거루」는 어른과 어린이가 다 같이 읽을 수 있는 동화 같다. 만약 이 작품이 동화책 한 권으로 나오면 베스트셀러가 되지 않을까. 어른들은 고개를 갸웃거리고 아이들은 고개를 끄덕이지 싶다. 참으로 독특한 실험을 하고 있는

조재학 시인의 앞날을 큰 기대감을 갖고 지켜보고 싶다.

자, 지금까지 10명 잉걸 동인의 시를 즐거운 마음으로 읽어보았다. 이들이 앞으로도 우정을 다져나가면서 제5집, 제6집 동인지를 내기를 바란다. 다들 시가 너무 젊어 〈벤자민 버튼의 시간은 거꾸로 간다〉는 영화를 본 느낌이다. 다시 타오르는 잉걸불의 불꽃을 보니 청출어람이 바로 이런 것이라는 생각이 든다.

거기에 서면 별이 될까

초판인쇄 2024년 10월 30일
초판발행 2024년 10월 30일

지은이 강다연 고은진주 김순자 김유 노수옥 백성 손나래 이수니 이인 조재학
펴낸이 이해경
펴낸곳 (주)문화앤피플뉴스
등록번호 제2024-000036호
주소 서울 중구 충무로2길 16, 4층 403호 (충무로4가, 동영빌딩)
대표전화 02)3295-3335
팩스 02)3295-3336
이메일 cnpnews@naver.com
홈페이지 cnpnews.co.kr
편집 디자인 황휘연

정 가 10,000원
ISBN 979-11-987713-9-1(03810)